謝里法 著

Shaih Lifa

▌呵呵二動▐ 詩集自序

開始寫詩時，就像當年作雕塑，每天早上起來手上捉住一團泥，捏著直到天已經黑了還不放手，也不知捏成什麼模樣，是否心裏想要的，始終不肯放棄，過程中確實常有料想不到的驚喜，這在我寫詩時又從腦中浮現出來。

手上的這團泥到了晚上所看到的和早上的經常沒兩樣，就好像一天裡什麼也沒作，只隱約留在腦裡曾經有過什麼，手才放開又不見了。沒想到這團泥也有它的生命！

從來不認為自已寫詩的人，這些日子寫著像是詩的一般文句，偶爾也覺得自滿，就好比不會畫圖的人也常意外受到讚賞，我只是個剛拿筆學調色的學徒，面對自己所畫的，不知該說好還是不好，至少是認真畫出來的。

想什麼就順手寫幾個字，就像手裡一團泥土，常不小心瞬間就消失不見，不知遺失多少好作品，又如早年刻在木板的木刻版畫，幾刀刻痕說它像什麼就是什麼，印出來說是版畫也從不心虛，簽了名就送出去展出，當起版畫家來。

這都是年經時候對創作的

心態，沒想到進入老年七老八十開始寫詩還是這樣！

尚未成形的黏土好比未乾的濕土，就像是我寫的詩還不知該如何完成，幾時能完成，還是冷冷濕濕的，這時我寫詩不如說我用手捏詩，只是想繼續捏下去。

如此把文字捉在手中久久不放，捏下去感覺濕濕地，不知是泥土裡擠出的水，還是手上所留的汗水，似聽見文字在手中發出的聲音，最後連自己都不敢相信寫詩的是我還是別人，只想到一團泥土在手中代表今天的我，

有時如墨水灰灑在紙上的草書，不見文字只看到抽象的形，若有人問我怎麼寫詩，這或許就是我的回答。

回顧三年前出版的第一本詩集，每個句子都像在對自己說話而取名為 " 呵呵一動 "，是臨摹米蒂書法時從中摘取下來的幾個字，短短的句型，黑黑的色彩，無意中暗示了這是一部黑色語言的詩集。

如今再回想，覺得我的詩寫得快卻寫得久，好比一條又細又長的線圈起來的細紋，仍然把話說不到三分，感到還有太多欠缺，怎麼也補不回來。

有時 " 詩 " 這個字在我看來是多麼滑稽的字形，若說是一齣戲，則指三言兩語就說完舞台上的台詞，將台詞寫下來還感到相當滿足，不管心裡還有什麼待補充的，都留給接下來的一場演出，目的不外是想把線拉得越細越長才越有趣，所以寫詩對我而言最享受的竟然只是當中的過程。

從另一個角度看，詩像一團泥土在我手中從早到夜只是一種自言自語，就是這樣有時候也可能當作我對藝術人生的宣言，把它講得很大聲。

回想起來，我寫詩（或想時）多在清晨獨自漫步時，腦裡東想西想不小心跑出來的字句，說那是在自由思索下尋找情緒的紓解亦有幾分恰當，所以留下來的筆記全是草草寫下的字跡，日記想讀雖有些難，讀出來又常為之心動，便重新得之抄在紙上，既無特定句型，勉強說是我的詩而收進詩集裡，有一天還想將之出版。

還有一種詩是當我進入睡眠之前，似睡非睡狀態下，似夢非夢的情境，醒來時留在腦裡斷斷續續的記憶，隨手記錄紙上，這種句型大概只有自己讀得懂，也算是我的詩，雖僅幾行字，也將之收錄到詩集裡，因這些都是在我絕對清醒時寫不出來的。

直到今天在我心裡還不敢確定的，與藝術界友人的日常對話是如何跑到我的詩裡來，過去在國外常與畫友通夜暢談，在那每個人都抽菸喝濃茶的時代，才半夜已煙霧瀰漫，是最浪漫也是視覺裡最具詩境的時刻，每個人從嘴裡吐出的除了白煙就是一句接一句的＂詩＂，可惜當時沒人認為那是作詩，而是陶醉中不由自己的醉言醉語，這些我抄寫在本子裡，搬家時一丟就是三四十年，再翻出來看時字跡已模糊不清，能讀多少算多少，如此更像今天我想要的詩，其實在寫出來時已經是另外一首詩了。

不管什麼方式從哪裡得來的詩，對我都是從一團泥開始逐漸成形，從早到晚捏出來的不知有過多少不同造形，等明天起來又從一團泥開始，這過程只要有什麼形就是我的一首詩或一件作品，如此在近年裡陸續集結一些讀起來有形的詩，當是我捏泥巴的成就。

目錄

（二）景緻

（三）道理

▼（四）人生

▼（五）政治

�►（六）時代

◎ 插畫 謝里法　手繪

一・美術

亂寫

詩可亂寫 話不能亂說
車可亂開 朋友不能亂交
可以開車寫詩，何不寫車
開詩
關鍵在於顛倒
亂了秩序
就像開車錯上了交流道
已不知如何回頭
繞過一個又一個大圈 不知
幾時回到源頭！
倒著開車如反向寫詩
回到了源頭又是一首詩
為一首詩打開油門
啟動之後坐著由車帶路

畫中的人

把人畫進畫布裡
請他走出來
還是他 或只是像他！
已成立體的畫像
每一面都是他　已不再是像他
畫過頭　成了未來的他
才提筆要畫
已經是他又不如是他

詩的卵生

幾個字幾句話 當詩來朗讀
聽見聲音 不是詩也是詩
詩的年代留給了我不寫詩的年紀
看著卵生的詩句正遂日成形
卵殼未破前 沒有形的詩為何更像詩
在等待中我錯過了詩的年代！
打不破的殼，想當詩人的心已等不及
認同卵生的文明世界 為了詩人
笑那胎生的肉食者 寫的詩牛羊不如
幾時把詩放回卵殼
幾個單字在殼裡躺下，輕輕朗讀也成了詩

陰陽

巨大的樹幹
劈成兩半
藝術家的電鋸
上面一刀下來
下面一刀上去
刀與刀錯開準頭
拉也拉不開
藝術家不拉了
木頭自己還在拉

圓的定律

圓形是球卻不是球
讓愛看球的和會玩球的人們
決定圓的存在
玩出了球的規律
畫出一個圓自成劇本
電腦找到變化球
地球的圓和球員的球同進出

杜象

二十世紀的 "現代"
唯有杜象說的是
前衛畫家睜眼為杜象說瞎話
鬼說的不是鬼話是杜象的話
現代人拿杜象嚇嚇人
不管杜象嚇不嚇人——
搞怪主義的達達從此多產

椅子

桌子旁邊留下椅子
椅子上還有帽子
帽子在動椅子也動桌子不動
兩個沒有帽子的孩子來搶椅子
椅子的差距如山的這一邊到那一邊
坐上椅子的孩子戴著帽子長大
站著的孩子戴著父親的帽子正要長大

畫的真蹟

因為是故鄉　所以落後了
懷舊的人才知道
疼惜、求好、原在……
是祖父說的古早話
倉庫藏的古董現身時
造假的人輸了　最後是
交由機器人說才算數

是畫家嗎？

什麼人作畫家
想作畫家先作人
說畫家是人也不是人
確實是人不是一般人

成功的畫家也有不成功
越成功越不像人
越像人的畫家畫的越不像
畫不像的畫家越像成功畫家

沒有大失敗哪來大成功！
畫家失敗之後成功
比不過成功之後的失敗
成功後多看幾眼不過是個人

戴明德　繪

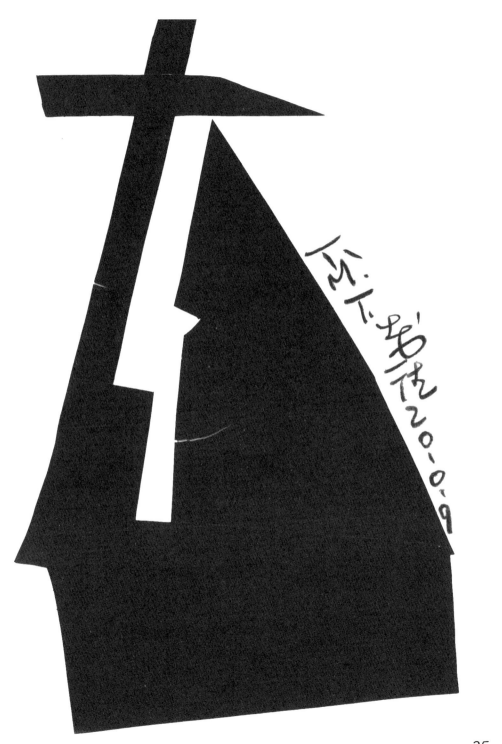

太極尾巴

太極的頂端有什麼？
問那不懂光線的眼睛
回答說：來之後才知道，
"來"到底是什麼？
什麼都是　才知道原來也有 "不是"

人間形形色色造就生命舞台
戲不過是一種重複的人生
看戲人還想爬上舞台
"念頌詩" 的愛　已到了最後一課。

戲中人反映的是自己
"狗" 也有時被看成犬搖著尾巴
祖父從小叫我 "小犬" 用最親的語氣
打太極時反被我看到了他的尾巴

夢之國境

聽來的色素紅得悅耳時
已是明日地球上的餘暉
縱容三月雨勢自如來去
打在窗前似雨後盲人吹哨

夢的平交道誰來把持交通！
不管來到誰的夢中
夢境如國界森嚴把關
看不見造型的夢醒時刻

畫家依樣在畫布動手動腳
從無畫到有然後又畫到無
消失在紅的色素無形境界

太極

站立太極頂端

問那認識光的眼睛

今世來生的意義到底為何？

當什麼都是時，才知道來世一定有不是

世間提供了生命的舞台

戲碼重複人間冷暖

忘了舞台邊緣未上演的還有的是戲

也不過是我眼裡一線反映

這才學會看見自己

當年祖父所以喚我小犬

疼愛的語氣，看著我搖尾巴

沒有尾巴的祖父在地上打太極

空間

畫裡的重量

畫家筆下玩的質變

抬也抬不動的沉重

調色盤移植來到畫布

色彩化成平均值投述給了人的腦袋

然後傳達地心引力讓視覺有了感受

畫面因空氣的想像

形成色感的虛擬

天上的雲不知多少顏料才使他昇起

輕輕的質感像飛起的筆尖

下沉在重量面對上升的反重量

在畫中拉出來的舞台叫空間

靜的白色

靜到沒有聲音　來到只有色的聯想
與夜市聯串的色接著出現
用心看任何顏色都靜下的時候
紙上的圖靜靜的就是白白的
調色盤已出奇的白還想調得更白！
從哪裡使顏色又出現了多彩
從失去的感覺找到聲音的知覺
靜靜地看著恢復那原來的白

畫是什麼

筆和布的接觸
摩擦後產生繪畫。
才知道原來還有顏料是主角
畫過筆不存在
布也不見了
留下形形與色色
只力道還留在筆與筆之間
筆走動的過程
竟是畫家思維的足跡

天空畫面

雲走路　霧跑路　雪搶路
閉上眼睛想著窗外天氣
雨天聽雨聲
多雲多霧的陰影
雪天車輪壓著雪走

坐在窗邊等待訊息
等到朦朧一片的霧
日光才露臉
雪地泥濘多變
看見多彩雲層時
是一個季節接近另一季節的畫面

高更想回家

高更去哪裡了？
那天他乘船離了岸
遠去的身影留在船頭
島上有他想念的家
家在畫中　隨時都畫著
巴黎的高更只畫法國
為何沒有畫家想起畫 "家"
那年和梵谷一起畫到 "家" 時
為何生氣，誰生誰的氣？
以妒忌在懷念家的溫暖
才乘船天邊海角找到家的鄉

水墨山水

水與墨的混血
自然的巧妙寫在山上
讓水出面作答
畫家的參與
山比山高　水比水長
山為了水而山　水為了山而水
是 "山水" 之所以有山有水
是水與墨的混血

畫價

商場是價格
歷史說價值
畫家要的是價格和價值
收藏家針對的是
越舊越貴　越新越值錢

畫家的回顧展
照著年代排列
能賣的和不能賣的
有人買的和沒人買的
好畫壞畫有了輕重
在買賣圈套裡打轉
價格與價值之戰爭才開始

黑色光

黑色沒有光
沒有了光才黑色
有光也有黑色時
是黑的印象　人稱印象派

沒有了光　黑不是黑白不是白
有了光白是白黑還是黑
黑衣人在暗地裡想發光
白衣人閉上眼睛不見光

黑是黑　看不見不是黑
白是白　看得見才是白
為黑出主義者自稱印象派
畫黑畫白的畫家
造成黑色與白色的爭端
解決不了黑的煩惱。

畫牛還是牛畫

畫牛是順手畫來的塗鴉，只隨興走筆把線描呈現，
是所謂以形說牛，為牛塑型，每一筆都有它的絕對性，
和運筆的隨意心態，線條沒有修正，落筆後就決定了。
修改有改變的意涵，也是所謂 "更改"。
牛怎麼畫也是牛，改了之後是另一頭牛，
本來沒有明定畫什麼牛，就不必更改成別的牛。
對錯才是更正，錯在我的牛圖不曾存在過，
以當下的我更改先前的我，
表示對先前的不滿，不滿必有爭執。問錯在哪裡？
不外是過去的我對當前的我之戰爭，
一種時間的對立，把 "我" 放在中間，
時間的差距裡對立起來尋找是非，指責錯誤，
時間持續移動，對立不斷發生，改畫不會停止，
改畫不過是 "行動的記錄"。

音樂的距離

聽見音樂響聲　沒有音樂到處有聲響
說孩子只會叫嚷
來了一個指揮使小孩們叫出來的都成了音樂
只有音不成樂　混在一起的音有人說它好聽
樹上叫嚷的蟬帶到教室裡一陣又一陣響亮
卻壓不過奔向操場玩球的下課學童
教室的門一開衝出一陣陣喊叫把蟬也嚇走
等校門外的父母親聽到的如奏樂般
大河奔流狂風捲過的一代新生命在成長
吞沒了蟬聲又在鐘聲裡靜默
愛鬧的孩童不鬧了，輪到教室裡音樂在鬧

父親的畫

門前大片的田地
父親從小跟隨祖父耕作
一早提鋤頭出門
太陽下山摸黑回家．
有一天，他告訴我：〝田地是我的也是你的〞
接下他的田地要接手他的勞動
這一生他怎麼過我一樣怎麼過
我拒絕了父親贈與為了不想繼承他的勞動

把田地和辛勞一起畫在畫布上
有一天，畫賣到城裡
賺的錢足夠買下父親田地時
也同時買下他一生的辛勞
卻不知來日我兒子要我的畫還是祖父的田！

破之後

破難合
不破永遠原在
破才有變 一變就悟
悟而再悟，看似一破再破
想破亦非真破
心中有破 就已經開破
破成什麼 說怎樣就怎樣
唸唸有詞念到哪裡
停在該停處
停即是悟，悟中自有禪
破即是想得的果

戴明德 繪

美術教室

畫冊上陳澄波的畫像
是他學生時代美術課堂作業
指導老師規定了功課
亦藏不住為自己而設的密碼
鏡中看到的面孔一半屬於梵谷
一支文生的筆當自己的筆用
把向日葵畫成台鳳的罐頭當靠山
調色盤顏料一半已分給梵谷
草帽戴在頭上生疏與不安
學院美術的眼睛如手電筒
公式審核時
和梵谷攜手替自己定位

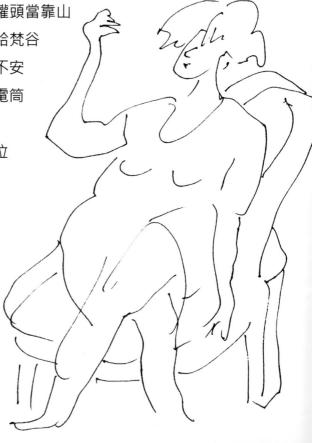

歷史、寫實、小說

寫實常被錯寫成 "實寫"
好在寫實主義沒再寫錯
說 "寫實" 是找不到缺點的 "實寫"
替繪畫訂一個標準給 "寫實" 當立足
說 "實寫" 應該騙得過人的眼睛使信以為真
但文字的 "寫實" "實寫" 一樣騙過所有人
感動於文字，真實如同身受
誰說小說當歷史就不是歷史
寫實不是歷史　寫實主義依然是小說
溶入了個人經驗才說那是小說
小說作者的時代經驗使小說有寫不完的歷史
寫到最後還是當代史
日治時代只是寫史的招牌

原來輕如羽毛 安啦！

" 台灣垃圾 " 謝里法 作 1990 年

二・景緻

月娘在笑

太陽幾時變綠
月亮在一旁偷笑
綠之後變成黑
是又哭又笑的顏色
訴說今年不再有春天
月亮還在笑......
知道秋天會有小娃娃

窗前

一列駛過超音的響亮
以高鐵象徵現代音速
讓塞車族留在趕不上的時代裡
來匆匆去匆匆，來去何必也匆匆
來去車輛只在窗前閃過
當代人活在抽象的象徵裡
台灣之光今天也只是電腦裡顯影
原來強權伸手掌握島嶼只為了海洋
說我的就是你的，你的就是我們的
有一天走出在陽光下的熱帶森林
原來你和我不是我們的我和你

樹的舞台

大樹下看來荒涼
整日還是熱鬧
年輕人圍著滑手機
頭頂樹枝間小鳥跳躍
與手機相應
被樹葉篩過的陽光
寥寥數點在畫家筆下
暗示搖擺的風向

季節

望向雲端 再望一眼
什麼都有 沒有的已成煙霧
鳥飛來 又飛走
"來" 這個字代表的是一切
還是留不住季節的問候
遍地是候鳥的遺物
染成一片洗不掉的大地尊嚴
全民為之站著久久發呆
過時的口令始終還在耳邊
小蟲等待候鳥幾時回巢
風雲變色 帶來年冬收成訊息

天

天有多高？
上去就知道
上去了　還是不知道
看到的不如猜到的。
上了天還有天
倒過來　天成了地
天有多大地就有多大

雪之城

月光為荒城鋪上一層雪
城牆裡人們已入眠
燈光照亮人間一個小角落時
還有人在此時耳語
夜深聽見偉人的深呼吸
來自一具青銅的巨大軀體
那年他大步跨過城門而來
對著頭上 "大中至正" 嘆息
雪光今夜使青銅青得發紫
是天堂路上的音響效果！
寫下音符時原來只是嬰兒哭聲

春雨

星星當春捲包起來
夜空為何哭泣！
星辰等待太陽升起
賣豆漿叫喊清早起床
為了道聲早安
星星掉落在潮濕屋頂
遲來的雨季
嚎嚎大哭灑下來了

水與山

水與山的組成誰來安排？
是人類眼睛看到了
山與水組成的畫面
看在畫家眼裡經手中的筆重現
大自然把美寫在山上要水作回應
畫家的參與用筆畫在紙上說出文人心境
山要比山高，水要比水長
才知道山為了水而成山，水為了山而成水
畫家的山水在胸中自戀
短促戀情有了水與墨的混血
以水為姓墨為名
在美術館牆上形成一族自稱 "山水"

橋

雨後，天際一座橋樑
在忘了的和忘不了的之間架起
前世如絲綢般飄來今生
看似花朵竟是機器人的手
有雲層般質感的記憶
海島接海洋的疆界跨越來生
唯一的孤島終於著陸

流水

淡水河的水流到淡水出海
旱溪通到海一直還是乾的
流不動的水怪海不夠深
河床大口吸水　河終於乾了
海水倒灌搶救乾涸河床
淡水不淡是海水提供的鹽份
沙灘底下流的水才是淡水。

山林居

居住木與木之間
用林木築造小屋
與山泉相伴
水流在平地奔馳
柳枝垂抵水面
滴成漣漪一圈圈直到彼岸

反映

獨自在水裡洄游
以為是大海浮沉
潮水映在朝陽下
人已不在海中
飛翔不再只是飛
沉淪的大地
不只是沉，是浮沉於陽光下

老樹

秋來榕樹葉落滿地
今春重遊舊地已化為塵土
卻見遍地幼苗
老樹枝葉繁密遮住陽光
下一代伸長頸子呼喊：
開扇窗分給我一道光，
老樹依然不動　因它太老了！

綿羊

權威是鞭子也是哨子
跟隨帶路公羊背後
一群疲於奔走的牧羊人
尋找荒野中解渴的水源
浪濤聲來自海岸如哨音
大地伸展權威時
羊群來到土地的盡頭

候鳥之舞

滑過稻田的候鳥成群
如烏雲灑下鳥屎 替土地施肥
像一陣吹過的風 天又亮起
不知誰是發號司令的領頭鳥
十幾分鐘的群舞
強取了今日食糧
村民議論鳥群將往何處飛
忘了自己一年的辛苦剩多少
孩子們把那片天當電影布幕
送走訪客終於醒過來
必須面對的現實
轉眼間已成受災區

草原

草草了事
然後一走了之。
再次見面
在鐘聲響時
草原今日已是泥地
找到溫床牧羊人
生產時的紙一張
不管誰來了！也許去得更快
已不是草草能了的事

月光

舊金山今夜很亮
剛昇的一輪明月
是日本時代的故鄉印象
月光下如清晨前的夜景
照亮世間每個角落
五十年了　今天才又照到我

該已經夜深
只能想像聽見耳語
偉人在廣場深呼吸
銅的軀體一起共鳴
紅色大橋從水中浮起
一聲不響靜靜地現身

銀幕裡的我

銀幕陪伴我中學記憶長大
每天腳踩著節奏，從夜晚直到太陽又升起
因今天的明天還有明天的明天
等銀幕上看到了自己
才發現手上冰棒已是當年白水
還有照片裡祖父童年手中棒棒糖
銀幕為何總說謊！
要我在記憶中陪上一輩人渡童年
等哪天也走進那銀幕
師長面前坐著聽訓
一起唱離歌 淚水也成了冰棒

雲端

想不到有一件沒想到的事情

會提醒我什麼是此生未作的事

不管已經不再是想念那麼美好

如走在花園小徑伸手拾起落地的花朵

想念的心無意找出一句錯用的成語

珊珊來遲說不清楚一家人的情份

每日仰望天空來去自如的那隻老鷹的週旋

屋頂今天又拉起警報有人看到西邊雲端出現光點

時間不過是生育工具的代言為了宣揚家族沒落

數那朝代返回原點給了多少人離散危機

難以信任原始的一代人所傳染的心境

人類史話從母胎內寫起難免是些插花的小事

雪景

紐約的天空破了一個洞射出陽光

中央公園草坪厚厚一層雪，透出幾根野草

隔著玻璃窗從現實到超現實

熱咖啡送到面前已沒有溫度

桌上的書也許久忘了去翻閱

吸著已沒有菸草的煙斗眼裡滿是雪花

早晨結束，大半個下午不覺也將溜過

可惜太陽不管從哪裡射來，從沒照過我的頭

只等待月亮昇起

幾時室內燈已有人點亮

在玻璃窗裡看見的自己比昨日是否更老！

咬煙斗的模樣多神氣，今天已經過完

下雪天

紐約天空終於等到太陽
地上仍厚厚一層雪
隔著玻璃窗觀賞雪景此時真美
書已不再翻　熱咖啡已經冷
早晨結束了　大半個午後快過去
陽光從左邊照來時　我朝右邊看
從右邊照來時我朝左邊看
這一天在左右兩邊之後結束
以為月光照進屋來
幾時室內灯已亮
從玻璃窗偶然看見我自己
抽雪茄的我好神氣
只可惜也快留不住

舊的新莊

百萬古董車開進新莊舊街
大街小巷一陣騷動
古董車除了造型都是新的
新莊除了街上招牌全是舊的
是新莊也是舊莊　新的愈新舊的愈舊
首都是故鄉　今已成新都
古董車裡走出來的人又新又舊
把年齡放在土地上一比
故都是舊政權的遺址
只有從記憶找出它的新
舊日往事說不完的懷念
隨著淡淡鄉情　不斷有新的傳說
今年的新莊也是明年的新莊！

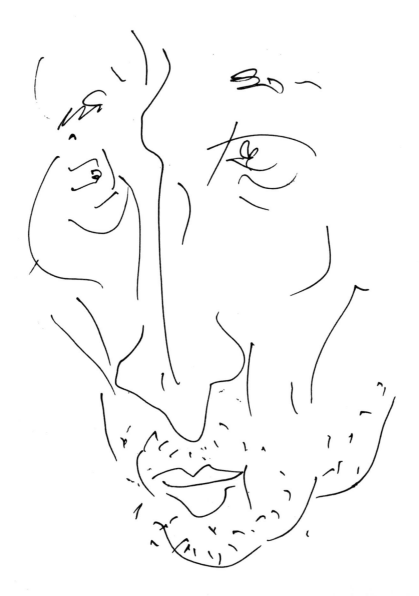

白雲的畫

天上只剩一朵白雲
都到哪裡去了？
為何只這一朵
從前我也這麼問
現在又再問。
從前我找不到答案
現在有一百個答案
既然自然　就順其自然。
若問為何只畫白雲？
因畫不成　只好留白
白很美　就留著直到黃昏
白慢慢自然會變
就讓它自己去變！

夜深

脫下外衣 再脫內衣
脫得光溜溜，羞羞模樣
還想著扮英雄的姿態，說
好漢不怕笑，伸出大拇指！
可惜滿街沒人朝他看
地上長長身影才認得那是自己
一條狗好奇吠了幾聲
初夏深夜又回復平靜，
哪來黑貓尾隨走完全程
還有夜行人趕回家路上匆匆而行
來不及注意到走過的每個人，
因害怕被人看見自己
如古人回來要和今人相會

午夜雪白

走進棉花飄落如雨下之夜晚
在心裡劃下零度C
歌廳門前跳躍的是羊群還是狼群
琴聲遠去　踏雪節奏傳送季節訊息
棉花不是花　似水滴從臉上滑過
只在耳邊輕輕道晚安來送別

庭院柳枝隨風搖晃
雪花橫掃落地瞬間無聲無息
奔走中行人只想躲過迎面而來雪花
地上雪等明日已成孩童手中雪球
來往車輪下化作一道道泥漿

隔著玻璃賞雪在陽光下的好心情
雪地白得刺眼又催眠
兩塊方糖溶入咖啡的熱度
在嘴邊耽心冷了又怕它太熱
猜不透雪加上方糖的白到底什麼白

秋風

島上只剩沙洲　沒有了水鄉
電視沉入海洋播出河水氾濫
全島觀眾等待浮上水面的鏡頭
廣告為了招攬遊客而再現水鄉
不問你哪裡來　只說我往哪裡去

島民跟隨廣告沿著海峽排隊
滿身濕濕地還粘著沙
抬頭看時蕃山已現雙峰
一峰長年積雪還有那瀟瀟西風
一峰雪已溶只聽祖靈一聲聲嘆息

大地脈搏跳動不緩不急拍出節奏
歌聲傳送氣象訊息：夏日已近
大洋第一道曙光今晨上岸
秋風帶走列島紋身族的體溫
代表祖靈對島民作最後告白

河岸公寓的一夜

走在東河左岸
楓葉飄落河邊步道
幾處彈唱的長髮青年
入冬以來每天為落葉配曲
草間蟲鳴在候鳥遺留的羽毛堆

關緊門窗什麼聲音都沒有了
門縫擠進來一絲遊魂嘆息
半夜橋頭酒吧間帶有酒氣的歌聲
庭院看門犬到處尋找哪來鼠輩擾人
地鐵此時又有列車正要進站

紙門透過來的燭光搖曳了整夜
未醉的酒客深夜又一起歡唱
大型機車環繞在左右兩岸
是退潮前河水最黑暗時刻
有人這時要離家，告別聲裡道出目的地

樹林的故事

被畫成只見葉不見樹的茂密欉林
是吃了春天果實留下遍地落葉才看到那光禿樹幹
長輩們指著樹林告訴族人是地球要休息的時候
吃不到果實的松鼠跳上樹端搖著大尾巴抗議
每走一步狠狠咬一口椰子樹根而後仰天大叫
踩著醉步走到看不見太陽的樹下
正築巢的蜂族群起告知鼠類該剎車
頭頂上的鳥吹哨子要地下適可而止別作怪
曾經是你們的，留下看不見的枯枝我來全收
日光已曬到樹腳根，松鼠才問豐收的日子過了沒

樹下

回味手機上留存的微溫
急駛在鄉間通往草原蛇行道上
才剛過少年人尋奇的夢境
迎接故園樹蔭喚不醒的冬蟲

爬上丘陵夕照的岩石脊背
退伍將官三響砲替三星蔥致意
三山王廟庭前聚集白袍王子機車族
寫完滿地稿紙廟公的綿綿情意
舞娘探手水中捉住冰冷仙人掌
古監獄前遍地找尋門徒罪行

海的另一邊

未見海之前只知海水藍裡漂著白浪
乘木舟渡過淡水湖泊前來的兄弟
想公平分配 75℃ 錄音盤的 "山櫻曲"
回家那天盡管千隻手在搖椅前揮動
依舊只見亮晶晶的翠石山頂還有烏雲
再遇到時只說 "我們第二次見面了" 沒有問候
數到一百兩人同時倒下看誰先爬上來
頭頂只見桂花滿樹，期待明早之前掉滿地

牧童

寫下一百字的 "木" 是文字的森林
畫出一百棵的樹是圖像的森林
寫的和畫的都是森林對綠的聯想
把 "木" 重疊又重疊遠看像座山丘
走在山中步道的牧童背頌一首英文詩沒有 "水"
樵伕走過來說是他昨日寫的詩
牧童坐上牛背換成中文繼續朗頌已沒有了 "木"

三・道理

72

罪與罰

哪個將軍不殺人　哪個小偷不偷錢
不偷錢的小偷叫好小偷
不殺人的將軍稱好將軍
偷了錢又還的小偷有良心
殺了人的將軍又道歉　他改過了
站在電視機前說對不起社會
有了電視　有罪的都變沒有罪

星星行走

一排星星踏正步走出水池
之後　下面已不再有什麼
粉絲開始鼓噪
歡迎又歡送
"大陸、大陸、大陸　去去去！"
那亮晶晶多不自在！
敵人不是自己人也是自己人
回家鄉繞一圈還是回來
不知歸途怎麼走　地圖上沒有寫

存在

說存在就有它的存在
那麼，不存在是？
不存在，就不存在答案了
因有 "存" 才須要有它 "在"。
這字句譯成英文真難
將 "存在" 分開
讓 "存" 與 "在" 獨立
"存" exist 而 "在" in
再加上 "不" no
"不" 作 negative 解讀
存在與不存在有了變數
一變就通，
"通" 也是一種存在！

地球與我

地心有引力！
是小學課本的常識
已成生命一部份
科學到了尖端
沒被吸引才更好！
人類不想再粘著地球走
當地球不吸引我
人類像飛一般掉到太空裡去

快跑的哲學

跑得快到不行......
到底多快！
再快不過是兩條腿
馬上就到形容的快
上馬時才剛出發
飛一般快然後勸人慢慢來
不會跑就想飛，不如先飛飛看！

發生

提得起是成功
放下時才看見結果
提不起就不必放下
沒有輸贏大家都還提著
不肯放下比放不下相差多少？
提起時眾人歡呼
突然靜下　不會什麼事都沒發生！

它將與歷代帝王
永遠同在

謝里法作　1991 年

光明

總是忘了兩件事：
不小心的事和不重要的事
不想忘和想忘的事最不會忘
借來的書讀不完
討來的錢花不完
偷來的時間......
該還的都還了
剩下不該還的讓時間自己還

是

不分是非之後才有是與非
爭出了是非　最後只剩是非人
愛情裡講是非與沒有非的是
君子說：雖有點非還是要更多的是
看到的雖都是　還得看見非才知道是
照片裡像是我卻是他　從此不管是他還是我
不是不分是非　因為有絕對的是才被迫找到非

詩神

流過去的水是否流回來過?
飲飽江水的詩人自問
望著浮浮沉沉水面
聽江水拍岸聲
詩是耳朵聽來的
把聽到的寫下
去年寫過不妨又寫一遍

城市之光

城市裡有兩道光
是老舊街灯和手機微光
也有兩種聲音
爭自由而高喊和民主的叫賣
釋放著大都會的吸引力
以掩飾金錢與權力的誘惑
進來的人還是沒帶什麼走出去

音響如詩

詩是人的直覺還是幻覺
落筆寫幾個字把自己也傻住了
詩說得什麼都不是
變成詩人　什麼都不是的人

讀詩寫詩只剩一種動作
讀詩是回應　寫詩是寄情
與詩週旋　語言也有詩
走時找不到什麼是詩

把看不見的形容成詩
詩的音響來自字的足跡
找出詩的型在井底回音
終聽見象形的歌聲像童謠

謊言

要把小島變成大島
再把大島變成沒有了
重複說過不再是奇妙想法
只問沒有島和小島哪個大
若小島有一天終於變成了大島呢！
就把沒有島也說成是大島變的
從沒有小到沒有大 當中還見變大又變小
不管怎麼說，那 "變" 字才是最大
從不變到沒變都是最小又是最大的變數
是永遠變不完的魔術語言
活著為生而變的人生！

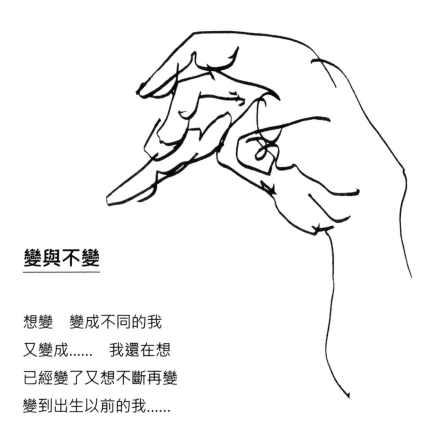

變與不變

想變　變成不同的我
又變成......　我還在想
已經變了又想不斷再變
變到出生以前的我......

是慾望支持一變再變
成功是變的吸引力
從今天到明天的腳步
到沒有了人的世界

佛說：你不來也會相見
記號指出除了死亡還有再生
再生是不變的標記
變是生之外的人生

詩的飛鳥

詩一首寫台灣在現代
我站一旁等它完成
是誰將走上舞台
不插翅膀也能飛的才子
依山見雲的大佈幕
山另一邊還是山不見海
不想走的候鳥怕被驚醒
秋楓吹落滿樹只見一絲綠
長出小蟲等明天變成蝶
睡過今夜前來書寫現代
過去的 "現代論" 已過不去
不想飛的鳥大力拍打翅膀
搧起了一陣陣新詩潮

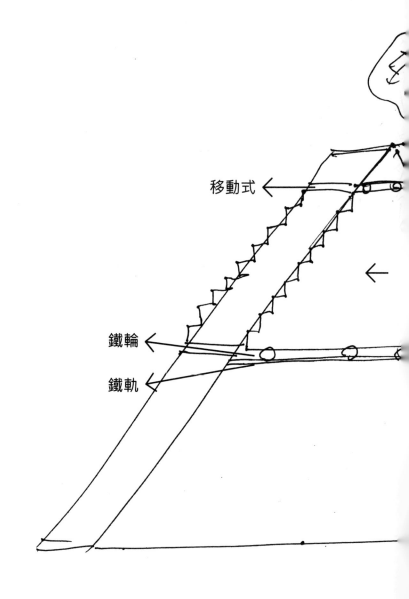

移動式 ←

鐵輪 ←

鐵軌 ←

< 成長中的三棵樹 >
15 年設刊

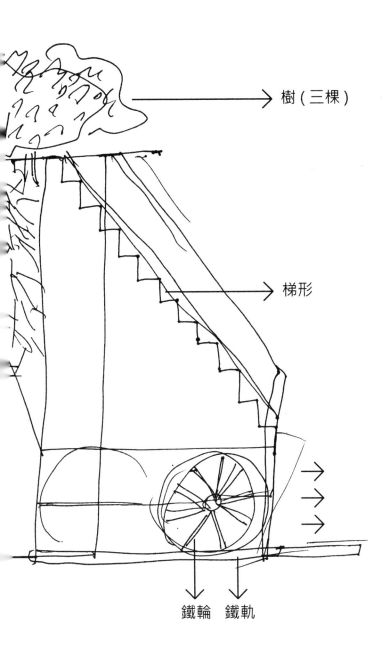

樹 (三棵)

梯形

鐵輪　鐵軌

變成什麼來

一個大島說是小島變成的
想把大島變沒有了
變法奇妙　想法更荒謬！
試問沒有島和小島哪個大？
難道小島也可變大島

大島在變沒有島也變
最後問出一個 "變"
"變" 才是最大！
問不完的
人生一變再變
變是學問，沒有完的問之學

為停破解

"破" 能接合？
不 "破" 原在無接與合
"破" 不是壞掉只是改變
變若能悟必有所得
悟而再悟　但求再 "破"

心 "破" 非破碎的心
心非物，"破" 亦非破
"破" 為 "破解"
破亦能合
"破" 存在危機，"破" 亦可和解

一聲喊 "停"
"停" 乃悟裡一點通，悟出結果
求得成果
修行者唸唸有詞
以 "破" 喊 "停" 終於悟了。

太極阿公

打太極的阿公
輕輕打轉
旋律引我想唱歌
唱出日本 "君が代"
歌聲隨太極而浮沉
阿公雙手伸前
捧出紅色 "日之丸"
他是敗給日本的清朝人
在太極中旋轉的阿公！

天才

受傷的天才有寫不完的悲劇
站在一個人單獨的舞台上
不管何時何處一而再重演
天上眾神為之哭笑
讓觀眾為劇中英雄歡呼，此時
春天候鳥前來只清唱一小段飛走了
等明天來送行時
不速之客才為遲到之神飲泣
好奇使人坐在野台外遠遠觀望
台上重演著古代悲劇只為了感動
期待謝幕時台下掌聲雷動

鳥的故事

候鳥過境烏雲半邊天
灑下鳥屎
雨一般滴下
多少個沒有星星的冬夜
許久沒有鳥叫聲的農莊
今天突然鳥群一場大合唱
孩子們手指天空的鳥
"牠們怎麼不打戰！"
把天空想像成電影院
掉下來電腦的輸出影像
小孩看到什麼都想問是什麼？

笑話

說來笑一笑的人愛說笑

有人愛說　愛聽的人只會笑

全場大笑　笑出了說笑人的境界

是腦袋裡鬧笑話

別人也加進來笑

客廳閒聊　課堂講學　開會解說　學術演講

畫展開幕致詞

你一句我一句爭論中......

隨時爆出笑聲

沒有笑等於沒有說

成功不在說什麼

只在眾人笑聲中

音響

把直覺寫成幻覺變成詩

詩把詩人變成了什麼

才落筆詩人傻了

原來此時只是寫詩的人

讀詩寫詩都是詩的動詞

動詞裡留下一個問題：

不知是詩在寫詩人還是詩人寫詩

已出走不知去向

留下紙上是字跡，看不見的才是詩的本體

照在陽光下只見寫詩的人

傳來詩的音響

詩人把詩當是象形的歌聲

知道了

忘不了，忘不了，還是都忘了
不懂為何忘了！
走過的路才回頭看，看過就讓它不記得
剩下的如今還有多少！
該還的都交還土地
記憶也還給了天空
回到原本就在這裡的我
早該了解的，為何此時才了解！
學校給我的
還牢牢記住
知道的寧願成了不知道
只好把不知道編成字典強說我知道

冰冷的手

阿蓮姐的手像冰棒
光滑冰冷
是修來的觀音手
小鳥溜出了菩薩眼底
還在阿蓮姐手中
鳥想飛　也不想飛
鳥語花香裡鳥不見了
花也不見　香還在
阿蓮姐的手修來的
香無形　比光更難入畫

咒之回應

唵普隆娑訶
是客廳牆上掛的名家手筆
當書法欣賞
也當咒語念
從不知所云到略有所知
從只是聲音到不只是聲音
從常識的認知到非常識認知
從放出訊號到收納回音
從相互回應到自然對應
從無所不云到無形滿足
有限的時間空間到無限的空間時間
咒語在牆上是墨與水的音符！

貢獻

默默背後貢獻
也在前面貢獻
前後有貢獻的一個人
寫出"貢"沒有"獻"
不知什麼道理
把"獻"藏起來
他只想默默地作
"獻"一寫太大聲了

春姨

楓葉從黃轉紅，成了枯枝
三十歲那年窗外看似一幅油畫
強風掃落葉飄過瓦河上船隻
聯想當年非洲蠻牛渡江
更勝三國誌大軍搶灘

屠殺令較家書早半個上班日
全村都在等待郵差機車過門
鄉長要為春姨婆建貞節碑坊
如過街被激怒山羊穿牆而來
碑坊頂上幾時已架起機關槍

只剩山裡山外不見窗內窗外
如今窗前封上土牆
聽不見看不見卻可想見畫已完成
電視裡楓樹搶先落葉
渡江客在船上醉了整夜

蟲的聯想

點點小蟲兩行匆匆爬行
一行從東來一行往東去　擦身而過
整日忙著生活
幾時休息　以什麼娛樂
真想拍一張小蟲安眠的照片！

兩列擦身而過只碰個頭就分開
交代什麼　答應什麼　傳授什麼　學會什麼？
走開後誰認得誰　誰也沒欠誰
再見面誰先敬禮　誰比誰大
流動的一群小點點是什麼社會！

小蟲的命也由閻羅王在管
忙忙碌碌一生一世聽天由命
一盆洗澡水一場大水災
無聲的哀嚎呼喊
是蟲界無法抗拒的災難

討海掏金人

傾斜地面築起 45° 高樓
山與城相偎相成為現代造就 "原始"
道非道穿越山水的金光道
蓋成瀝青屋頂黑金閃亮
走過九九九石階出了坑口一片天

孩子們在父親遺體洗出一筒金粉
脫下礦工服才知道有多重
抖出掉落地上是金也是沙
用失去的陽光得來的就是這些
挖洞深入海底成討海的掏金人

公家的胃

兩個頭共一個身體的一條蛇
你的頭我的頭　你想你的我想我的　各想各的
你管你的事我管我的事，我愛你也愛我　你愛我也愛你
咬你尾巴咬的也是自己，咬到時一起喊疼
不清不楚的兩個蛇頭見面兩瞪眼又愛又恨

打架不為爭食還為了什麼？
看的人都說：兩個人打一個人的架
大家拆夥　轉頭就走
你走你的　我走我的
才回頭你又看見了我　我也看見了你

兩個頭一個身子一個胃
胃填飽兩個頭一起飽，可是
兩個頭有兩張嘴　張開大嘴各吃各的
互別苗頭你吃多少我也吃多少
是嘴的需求不是胃的溫飽！

缺口與出口

地圖上指出海洋的出口是地球最北的缺口
讓土地扮演海島的姿態列隊出走
從這島走到那島已行經好幾張地圖
沒人相信近在咫尺的島與島是國與國
嫁出國外的女兒每天划小船回娘家
娘家到婆家用草繩繞一圈可進聯合國
從山頂看到的土地是你的也是我的。
地球缺口原來是祖先開墾的出口
海洋多深是島人管不到的人間深淵
颱風前一切交給海洋共和國的氣象台

音樂緣由

文字是聲音　造字的人這麼說
人類起先寫的是音符
先唱歌然後說話
以為寫字原來是樂譜
大聲一唸詩歌隨之現形

小孩子學寫字
同時也聽聲音
腳踩在地板出現節奏
音樂是字的音感
說話好聽的人自稱音樂家

語言是耳朵的學問
除了耳朵全身都在歌唱
身體是一個人的合唱團
從腳底到頭頂
為發出的音寫下樂譜

笑話

說笑話，讓人笑一笑
有愛說笑的人才有人愛聽笑
還是有人愛聽，才有人愛說
只為了轟堂大笑的成就感
看到什麼就拿什麼說笑
腦裡隨時鬧著為笑聲說話
人生本來有說有笑
說給自己聽時在肚子裡暗自偷笑
沿路笑臉帶著走回家
拿那中樂透的歡欣見家人
若問哪一次演講最成功
且看笑聲最多最長最大聲

鳥語花香

阿蓮姐的手光滑冰冷像水晶球
在心裡我偷偷想著
光滑的手似喜事提前預告
如走光溜溜的地板，停不住飛來的小鳥
地板上的滑雪，也滑不出阿蓮姐視線
輕輕一聲鳥叫，看時已落在她手中
光滑的手鳥已不想再飛！
人說鳥語花香；
花瓶裡的花，
阿蓮姐手中的鳥
花謝了鳥還在，
鳥飛了冷冰的手還在
似溶化的冰棒開始滴水
阿蓮姐細心舔著
鳥語和花香一起吞進肚裡

新與舊

駕著古董車來到新莊
新的莊新的愈新舊的愈舊
首都本是故鄉卻成新京！
回鄉人的心又新又舊
把年齡放在土地上一比
本來是舊的
此時都已變成新
唱起昔日故事，只為了懷念
當時都還年輕，唱時已多麼遙遠
如今更成古代傳說
剛過去的新莊 明年還會再去！
古董車的汽油我最擔憂

2005

菓實落地

是那小孩打響鬼太鼓的胖肚皮
玩豆沙球的少女隨鼓聲唱情歌
田園牽牛花間蝴蝶飄舞時
野菓已掉落滿地
拾荒少年今秋是否會來！

候鳥上了歸途
聲聲都在向人告別
來不及問松下的櫻桃子
開花是幾時
剛問誰家送喜餅到門前
窗內梳頭待嫁娘
幾天來有了笑容
候鳥再來時
櫻桃子已結菓落滿地

認識地圖

從北而南靠過來的列島
住的不是日本人的日本國民
有過此生不見富士山誓言
轉頭看玉山，高不見峰頂
岸壁下來回船隻遊走無國界
漂來漁民曾經是日本人也不是日本人
一度因那場戰爭成為同一國
島與島百年沒有統一也不自立
雖是近鄰誰也不談兩岸事
游走的海域不說哪裡是國界
地圖上輕輕畫一圈就是新的國度
見面時互稱兩國一家親！

豐收

剛掉落的果實還在地上滾動
樹下等待的蟲蟲忙著搬運
過度成熟溢出來的蜜香
等不及想先咬一口
洞巢的家族正列隊等候
泥土中探頭今日有豐收

白雲的聯想

童年記憶裡遊走的山區
從山下往山頂看天空
忘不掉當年飛機在空中打戰
飛的戰爭如祖父說故事的孫悟空
將牛魔王從天上打到地下
如今只剩白雲留給我的幻想
還有阿公編造的妖精鬼怪
白雲藍天永遠的童話舞台
天上飛機日本的是我們，美國的是他們
為何我們的一直輸！
輸的雖不是台灣，
從此留下輸的自卑

思的聯想

我思故我在　思是一種想法　在是一種看法
"想"有夢想、空想、綺想、幻想、狂想
想多了說最好休想　從此沒法子去想
規規矩矩地想才稱為思想
日思夜想作夢也想，有好夢為何不想！
現實還是做夢，感受得到最幸福
閉上雙眼靜靜地想，想到就是我的，
張開兩眼東想西想叫亂想　每一分每一秒都忙著在想
有的沒有的都想，不該想也想　想出最奇怪的叫幻想
一輩子動腦連膝蓋也用來想稱之為狂人之想
所有的想合在一起
稱之為大思想，我思故我在　大思大想，故我大！

翅膀

她看男人的眼睛多麼認真
被看穿的男人　飛一般逃走
因為不懂 "愛的眼神"！
越愛越嚇人的眼球
不如拿剪刀剪斷想飛的翅膀

母豬整晚都在嘶喊
為了愛男生
公豬聽到聲音
只能碰牆
是公對母的回應！

浮世草原

向草原呼喚人類的發想是說法不是作法
看不到隔一層皮的心如何相信是交心
有了說法又一再改變想法所謂知人心
常在信與不信之間計較人心變多少
友誼長久只有到了交心時才耽心會變
看到牛羊吃草也爭地皮看不到人心的永恆
狼群不吃草想吃牛羊雖說獸性卻是天性
從高處往下一看牛羊成群奔跑追逐於草原
為何你追我趕不管吃不吃草在草原一樣爭奪

四・人生

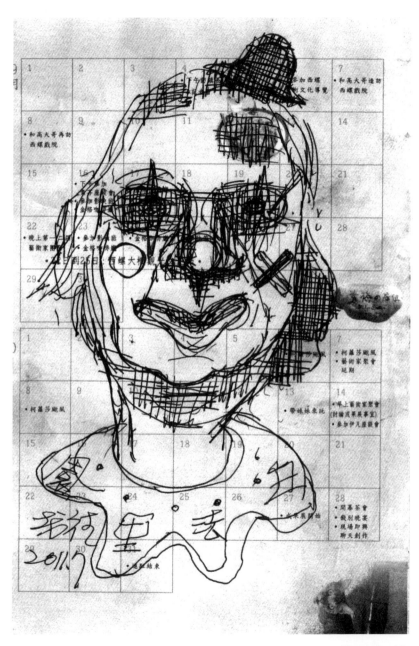

戴明德　繪

歸途人生

到家後才迷失在回家時的路上
夢中有的是回家的路
是到了盡頭才又找不到的路
家只在世界小角落。
離家越走越遠也說是歸途
不停走下去當作是個回家人
多少人一生行走歸途中
倒下時還沒到家

原來

望遠鏡遙望遠景
快速奔向未來
在背後
追著我跑的背後　永遠的背後
還有未來也趕過來
向前狂奔，倒下時
才知道"未來"只是原來

喝一口茶

行家以古法泡茶
只知泡法不識古人製茶
還要有品茶配合
來到三百年前皇居
翻出品茶寶典
什麼品茶人的修身大法
要緊的還是人

灰塵

一道道光從地底洞照來
挖礦工人頭頂的小灯
是平安重見陽光的訊號
沉重腳步拍下衣服塵土
可惜拍不出挖到的黃金
頭上小灯亮著直到洞口
心裡只有照到陽光的期待

夏之戀

春夏之間還過不去時
上天雨降不停　是等待的汗水
踩到晨霜才見剛冒出的綠芽
多嘴的小蟲又問一句什麼？
悄悄裡似有人回答
去年飄起的花朵還在掙扎中
夏天忘了秋的手已伸進衣袋裡來

來到夢的邊界

聽覺裡調出色素來，紅得悅耳時
凝似昨日的餘暉
與季節縱容的雨勢此時相逢
三更後一陣及時雨提醒我
從來沒有真正夢過的
已讓酒精維持了整日的交通
不管來到誰的國境
睜眼看見已是夢境邊界
有色的夢裡忘記自由原來只是呼聲
在幾度爭取中竟消失夢中
調色盤調不出的色素才終於又響起

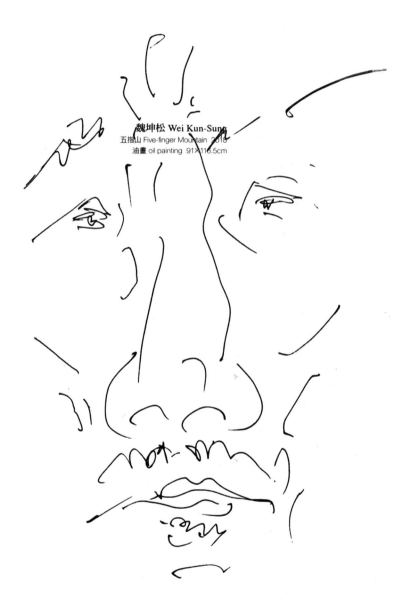

魏坤松 Wei Kun-Sung
五指山 Five-finger Mountain 2018
油畫 oil painting 91X116.5cm

循環

時間繞著土地行進
回頭只見走過的影子
看不見前面的人生
人是活著？有時不是！
時間的腳步來回循環
不小心令土地在地球表皮掛單
當泥土沒有了生機　時間隨著乾枯

牛的問題

牛腿斷了
族人議論紛紛
不讓牛耕田
有牛肉可吃。
為牛醫腿，還是
換一頭鐵牛。
眾人終於說：
不種田總可以吧！

老伴

老年人談中年事
多說少說
只為爭一口氣
句句粉飾中年的自己

空中直接掉落的人生
來到中年之後
說當年總是在中年
一生以中年代表此生！
談不完的當年
修不完的中年時光
說不完的從前
一支烟斗吸進去吹出來

天才悲劇

天才的悲劇很難重來
舞台上只剩一人角色
觀眾爭相擠上幕前
說自己才是天才演員
最後倒下的下場
只要是演戲誰都想一試

終於倒下來像個天才
觀眾為之落淚
起立鼓掌大聲叫好
天才在天上又哭又笑
春天候鳥剛好飛過
只唱一小段匆匆離去

戴明德 繪

詩的現代

現代的一首詩寫在近代台灣

寫時人們都站在一旁等待

看著未來詩人跨步上舞台

想飛也飛不了的才子佳人此時亮相了

散步島上的人看著雲在山的另一端

不想走的候鳥此時剛睡醒　秋楓吹落地初綠已轉黃

詩裡長的蟲擔心明年化成蝶

睡過今夜只等年終書寫現代漏了近代

這一天過去竟成了過不去的的時代

候鳥來時又停在歷年停過的月曆上

候鳥

窗前望著雲端靜靜地
看似什麼都有　沒有的已成了過去
鳥成群來了又飛去
寫在窗玻璃一個 "過" 字
在今天代表了一切。

捕捉季節帶來的問候
只留下候鳥遺物
染成洗不掉的尊嚴
看似什麼都過去了
一隻沒跟上的小鳥還在飛。

色的神話

青的形成是調色盤的魔術
藍的變色　來自體外受精
加一點點紅全都變紫
白糖加咖啡再加冰塊
要什麼色有什麼色
透明的水、白的紙
滴上一點色素沉澱
藍色用來畫西門町
青色留給大稻埕
白色在淡水河一洗就黃
是直轄市的統一色彩

牛的一生

牛每天在走
遠看只是走
近看是在拖
使全身的力喘呼呼地

養牛只吃地上草
牛在田裡往前拖
一天怎麼走一輩子就怎麼走
老牛走完　小牛跟在後面走
走了一生又一世　一代又一代

鄉情

故鄉還在下雨
離鄉遊子
來到遙遠他鄉
不忘初踏征途那一步
今又想去尋找
不斷有故鄉人走出來
多少遊子回鄉
在途中相遇
說故鄉又多一座銅像
出去的各有自己的國
土地正在重組
人緣在歷史裡重編

過橋人

月光橋頭孤影
陌生客向賣菸女問路
熟悉鄉音裡
有忘不掉的童年
最思念家人的問候
分開來唸就陌生了。

灯柱下的兩人
零碎的光照身影依舊
月已沉入橋下水底
路人的影子月的化身
傳來笛聲輕輕滑過
似還聽見橋頭的鄉音

風飛沙

生我的土地是沙漠
有沙就有生命　我出生
出生那天從沙裡飛起
如沙漠築巢的鳥
生蛋在風中孵育

伴著沙，鳥飛上天空
風飛沙帶來生命
名叫風飛鳥
風與沙相伴在天上
蛋在地下等待出生。

人生

兩個老人泡茶聊天
談當年自己
沒有完成的在話中自己完成了
粉飾當年是老年之後的使命
拿中年當人生主題
一筆接一筆重新畫過
當全天下老人相信時，
自己才更相信
談不完的中年事，一再修正
修也修不完的人生自畫像
一支煙斗在手中
吸進去又吹出來
煙霧裡人生又活過來一次

色的音響

靜不是一種聲音
但也是一種聲音
說看不見靜的顏色
人們才認為是白
白色調色盤上的白顏色
看似沒有了顏色
畫家欲將白色調得更白，
結果調色盤更不白，
不知為何總是白與不白！
是誰偷偷把顏料留在盤上，
原來是畫家的兩支筆
一支洗過，一支沒有洗
當聲音失去知覺，
顏色才有了感覺

謝里法 策展於 2002" 借力空間 "

一部份

坐在椅頭公
背靠著搖呀搖
從活動到勞動到行動
搖出自己的舞姿
搖出七十年的夢
生命只剩背部感覺！
椅子成了身體的一部份
這就是靠背人生！

頭上

破繭而出的蛾想飛
飛上去高不過人頭
從飛的高度看見
每一顆人頭都在忙碌
飛是什麼？
長出翅膀以來
動一動就往上升
忘了曾經是一條蟲
也不記得有個蛋
過了三輩子才終於飛起
高過了人的頭

< 成長中的一棵樹 >
山上一棵樹系列之延伸

平均值計劃 ←

立體計劃（未定案）

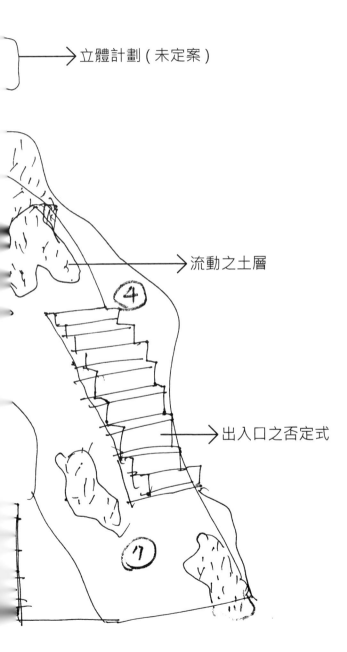

流動之土層

出入口之否定式

山上一棵樹

石頭已堆積到了山頂
比岩石還硬比山還高的岩山
長成一棵大樹又老又壯沒有樹葉
聽說石縫長出來的樹不是樹，
因為沒有土的石縫沒有水
我伸手進縫中摸到樹根
是石頭在吸樹根的水，還是樹根吸石頭的水！
相處共生多少歲月
遠看一座山　山上一棵樹　近看是一個世界
是人間劇場什麼戲都演出中

雲的心聲

為雲而詩的心情
今晨的霧
想起去年的雪
窗外那片天空
只射進一道光照在雲端
遠方烏雲引人想像午後雨
是詩的心情！
雲的故事於是開始發聲
歸鳥飛過　雲當背景
彩霞借光是一種姿態
隨時傳送寫詩人的讚嘆

詩的神話

順手寫幾個字幾句話
朗誦出來　不是詩也是詩
詩的年代在不寫詩的年紀
卵生的詩句終於形成。
誰說沒有形的詩更像詩。
不破的卵殼現不了身！
長不出詩的幼苗預感
胎生文明寫詩已氾濫
何不回到卵中孵育重生
幾個字幾句話在殼裡大聲讀來
宣告世人新文明正要誕生。

謝里法　版畫作品 1982 年作

宇宙

高樓頂上仰望天空
有時越看越大，有時越小
畫家說看的若是宇宙，再大也不夠大
從宇宙回看台灣，再小也不夠小
小到不見時，在台灣的我消失了
我只面對台灣，台灣面對地球
地球面對宇宙
不見時和宇宙一起不見了，
在高樓頂仰望的我
是我吃掉了宇宙還是宇宙吃掉我
張開吃宇宙的大嘴
找不到裝下宇宙的大肚

橋之鄉

來來回回過橋人
月光下拖著身影而行
陌生人說的熟悉鄉音
來自踩過的身影
當雲把月亮遮住
迎面一張張陌生的臉
當中必有親人
月已沉到橋下水底
傳來不再是鄉音
吹笛聲只在記憶中想起
影子裡終於有我熟悉的臉

稻草人 (一)

田中央稻草人隨風搖擺　鳥遠遠飛過

是害怕那個 "人" 還是會動的稻草，還是吹來的風！

稻草人不怕被收割也不怕鳥吃

本來稻草就是吃光了稻米剩下的

今年吃了明年又長成　持續地在循環

反而與鳥爭食的人們　擔心今年收成

鳥來去之間，天為之一暗

稻田對自己說：這一來我可以好好睡一覺

種田的人要等明年一切又開始重來

謝里法　版畫作品 1975 年

稻草人（二）

田中央一隻小鳥

被稻草人追著打

翅膀用力拍打大聲驚叫

農家小孩跑來

把稻草人放倒地上

救了受驚小鳥

放倒稻草人的孩子

回家後被父親追著打

打戰的天空

童年的記憶在山區遊走
從山頂朝下看　從山下往上看
每天看見飛機在空中打戰
像祖父說故事的孫悟空
與牛魔王從天上打到地下
是青空與白雲給我的幻想
故事裡鬼怪全出現天空。
今天的想像舞台
日本是我們喊萬歲的一國
最後打輸了　有關係又沒關係
沒人告訴我為什麼
只說就是這樣
這樣是我這輩子的自卑

是誰

我認識的人
也是你認識的
我畫他們
畫時還不知畫誰
畫了原來就是誰

今已發覺
曾經一起過的
永遠畫不完的面孔。
有一天畫過地球上所有的人
我終於成了畫家

不小心把人畫成牛模樣
也曾經把牛當人畫過
說從來就是一個家族
才將 "人" 與 "牛" 寫在一個字裡。

為了夢

我只知道已經見到的
不知多少在夢中也曾見過
我說終於見到
醒來又不見也追不回
為何聰明到只靠夢的訊息！

未知前世的我今生留下多少
耽心夢中出走回不來
只有在身邊　才是我的
想知道只須翻開我的被單

誰肯來相告　只一回已足夠
多了我腦袋也留不住
這輩子費心在夢中閱覽而過
寫在紙上留給下一代
還有下輩子的自己

夢在雲中

小舟從橋下划過
有人轉頭來招手
不知是對我還是別人
再看已從橋另一端遠去
霧裡似沉沒在水中

鳥聲從樹欉傳來道賀
幼鳥剛從雲端醒來
告訴母鳥天上的雲已滿滿水滴
翅膀用力拍下一身的雨水
小蟲剛從地洞探頭想喝水

朝陽在雲裡偷笑
笑那母鳥餵錯別家的小鳥
想向雲討公道又撲了空
原來翅膀和雲一般輕盈
哪知拍到就不見的水滴叫做雲

阿滿離家的那一夜

晨曦照在滿姨細腰隨風搖晃
清代銅錢在口袋裡發出聲響
不知五張古老郵票換得多少錢
空港開來的巴士找不到航道窄門
要什麼給什麼只想趁早出關卡

從北島高空尋得進海港的入口
有我童年居住的白樓
被長高的榕樹蓋過只見屋頂一角
漁村繁華依舊古廟正在迎神
繞著村莊外圍神轎緩緩而行

山已經夠高而我比山還高又想升高
人人搶購上天際的門票
沒有膽量的謊言只用頭髮傾聽
海底的鯉魚精浮上水面看熱鬧
廟前廟後遍找不到愛慕的阿滿姨

146

歸途歌聲

逃走時口袋裡裝滿昭和錢幣
車窗外出現海岸才驚覺搭錯了車
來得及換車對昭和年代已急不來
晚一班急行車尾隨在後飛快馳過
一群飛雁比翼逆夜空而去

遲夏夕陽為銅像身後拉出一道身影
烤爐推進器強力壓著鐵輪向前滾動
來到眼前好比嬰兒初見人間的好奇
猜想落日西行到達幾點鐘指針
數著身上日曬時更感覺地球在移動

樹蔭遮到頂上才呼吸到一陣陰涼
落日的影子留在故鄉久久不肯離去
浴罷全身暖氣，太陽在窗外等著要道別
鐘聲告知日課結束是回巢的時候
幼時童謠記憶猶新又在腹中響起

"借力空間" 謝里法 策展

漁村

雨後行走漁村外山小道
天邊一絲微光斜射在山壁
看似就要天晴盡管往上爬

捕魚人想出海　今晚整夜星光
有人高歌一段小調
原來喊"娘！我去了。"
像是出征前的行軍曲

十幾家的門一齊打開
探頭來的是他們的娘
朝兒子背影揮手
祈求今夜要豐收。

回家

阿蘭姑娘的父親回來了
南洋出征三十年
日本投降他沒投降
終於回來了，依然不投降

阿蘭大哥也回來
是金門送來的骨灰罈
父子一起踩進門
離家時父親抱著他出門
回家時父親捧著他進門

水怪

橋頭堡有個稱號 "螞蟻窩"
流過來的溪水為此劃為特區
為了管理每年捉人去審判

溪旁站的是舊王朝的老總
掛著批下的公文以證明來歷
擋下每條駛過渡船驗明正身
雨剛下過濛濛烟雲看似仙境
螞蟻哪來的聲勢如天兵天將
雲烟一散駛過的渡船一掃而空
接著一群又一群的人捉去審判
傳言窩裡出了水怪已無人居住

思景之年

見景思情不小心被寫成見情思景
到了老年的確有太多景令人思念：
多半自知這輩子已經沒機會看到的
有的明知早已不復存在而出現夢中
有的要和曾經同行的人才有所思念
有的今已不知該怎麼從過去找回他
有的只偶然路過想再來已不識道路
有的已忘了真正去過還是在夢裡見過
有的原來在身邊每天見到不覺稀奇
到了思景之年閉上眼睛全都出現眼前

功德與功名

什麼是藝術？
藝術為什麼？
是小孩子的問題，
大人也有問題！
讓老太婆問起來更感稀奇
回答：為社會或為人生，
為宗教也為了愛美
不如說為功名或為功德。
有人玩藝術玩得活活潑潑地
令同行的人羨慕
為何我的人生苦？
是能力、是性情、
是智慧還是命運註定
功名不論大小，想要就賣命爭取
功德無大小　為藝術而功德
功德在藝術裡已沒有了是非

對岸

渡江的船伕
行走在淡水兩岸
隨著水流每日逍遙
告別時衣角都撕裂了
水邊草欉蟲聲齊鳴
地平線如落日映照的地氈
對岸已響起破銅鑼敲打聲

沙中鳥

生我的地方原來是沙漠
只有沙也能生我！
那一年在風飛沙中我來了
連鳥也飛不起的大風
在沙裡找到我的巢
我由天而降幾時往何處去！
生時只見沙中卵蛋
與鳥在卵中一起成形
睜眼看見母鳥時，以為我是鳥
吹起一陣陣風沙
鳥不飛 沙在飛
不知是風還是沙給了我生命

五・政治

謝里法版畫作品　1976 年

將官班

有星星的英雄成列進來時
典禮的廳堂一聲聲驚叫
昨天總統跑掉後
沒穿褲子的將軍佔大位了　好大尾！
鎮住廳堂軍威他作得到　接到報告：
有人溜走　從地下道直通機場

戰爭遊戲

為何地球人的視界
逃不出電腦圖表的疆域
只見揮舞中的大刀追拿最後一個人頭
來到大砲已不是武器的世紀
人們才終於走上高樓尋找現代人的尊嚴
高喊民主的那一年 誰牽出石洞裡的奔牛
雖說 "現代" 之後還有現代 可惜已沒有 "未來" 之後的未來
"印象" 還在書頁的日出背後
正值大肚溪煙霧傳出核爆危機
再三叮嚀玩爆遊戲的孩童為和平負責
蓋上手印保證永遠沒有戰爭

英雄

開門的手放在窗邊
兩朵白色野花相伴
一葉秋草在樹下
機車發動聲遠去
為迎接中秋節日
也為尋找千年骨骸
劍才是英雄式獻禮

君子衛國

千萬人站出來　是為什麼？
電視機裡吵成一團
電視外的人東倒西歪
正當時機的君子未到
事過之後的抗爭有遲到的理由
祖父錯過的子孫記在薄上
要加倍奉還

物品社會

你要我就給
不要就還我
要什麼有什麼
要若是滿足，不要也滿足。
社會不等於會社
滿足不一定就滿意
要求是說出來的主意

地雷

奉命堡壘埋下地雷
撤走之前誰都不想點火
佔地稱王者在歡聲中就位
點火之群屈身下跪
不死的強人有不殺之恩
紀念碑的巨大彫像
就在地雷上面轟起

毒學者

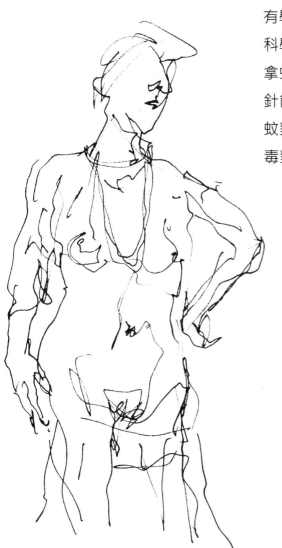

蚊子對學院人是門學問
有學者專攻蚊蟲命理
科學對萬物似有情又無情
拿蚊蟲作文章的蚊學家
針筒對準蚊蟲頂上的針頭
蚊對蚊決鬥架勢
毒對毒一場滅族的纏鬥

戴明德 繪

好的社會

平常日子，過去......
平常百姓走出來。
幾萬人幾千個日子
造勢如何？訴求為何！
肚子沒到餓的時候
等待多少？人人都想知道數目
理想的國度沒有人想理

台面上

草草了事　才剛走
於人群中第二次見面
鐘響時眼睛剛好看見了
才知草原已成了泥地
牧羊女找不到溫床
生產只用紙一張
說要來　還是去得快
伸手摸羊皮才找到原貌
現身台面
結算悲戀後的總數目
都不是野草能了結的事。

證明書

處理本是一種忙
為人世間所有的事
想辦法過日子的方式
數不清一生有多少忙
都在身邊隨行
考過一張又一張証書
証明忙有了代價

宣言

一輩子拿槍的人
放了槍反覺是槍在拿他
已是古董槍　什麼子彈也上不了膛
決鬥只有躲子彈
躲過就是死不了的英雄
戰爭已經結束　英雄已不在
剩下多少弱者　弱者引來戰爭
是受征服的對象全身是罪過
為何不強盛，才誘使戰爭發生
為了和平，強者合力將弱者消滅

和平宣言

逃出電腦圖表的疆域
消失在地球人視野之外。
揮舞大刀的強權取走最後人頭
不幸來到武器被迫銷毀的世紀
有人還奔走在高樓頂端尋找財富
口說民主運動的畫家想畫出來看看
"現代" 之後如果還是現代
"未來" 的時代也就不見還有未來
前衛領頭羊過去特別問近來可好！
玉山頂不再傳來核爆危機
玩爆小子又放出和平 "假訊息"
沙灘上蓋手印保証世界永遠沒有打戰的事

青年節

小時每逢慶典　台上老人排排坐自稱老青年

見證青年節由來　祝福自己永遠不老

創造了考驗青年的時代　轉世後還是青年

家鄉是草莓族的異鄉　在中國土地

記載的只是地理課本名詞　是觀光者導遊指南勝地

老青年的老家要從歷史一頁頁翻回去

反攻是上上輩子對家鄉的誓言．絕響的口號．

鯉魚島

島的缺口衝出一座九份山
好似鯉魚張開吐納小嘴
群蟻列隊進入魚肚淘金
出來時如一列金龜爬行
陽光下怎麼算也少了一份

野心家的夢出生就埋到坑裡
幽遊於山外山，
心還留在地層深處
像獵犬進坑內黑暗中尋夢
出來時酒味一份乳香九份
不管剩多少我已富有

地球上的事

人總有此生少不了的事：
作一件最不想作的事。
明明有事還說沒事沒事
沒事打架，打到大家都有事
你不可以僅我一人可以的事
就沒有人不可以作同樣的事
從此沒有人敢再作已作過的事
人生不外你可以我不可以，
你不可以我可以的事
每天都是些從不可以再找理由說可以的事
也沒有一件可以不說理由而想作就作的事

勝負

肉與肉的對撞 一山壓倒一山
在土表上鬥力如山岳的對抗
勝負在胸中一把火爆發的瞬間
觀眾只盯住體積對體積的平衡點
力士為的是製造先落地的不是我
粗壯的腿大步小步挪移
踩出屬於自己的先機
觀眾眼裡還是肉的決鬥
肚臍對準肚臍
　眉毛對準眉毛
剎那間
吶喊聲中出現勝負
倒地後
似什麼事沒發生
回復平常坐姿
勝也平常負也平常

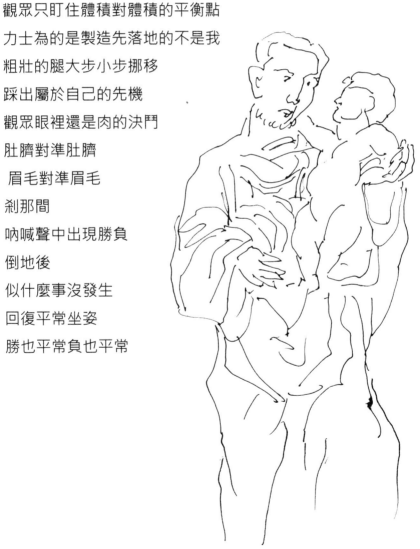

輸與贏之間

強者為勝利等不及高呼萬歲
不識勝利的高度只享受贏得的獵物
多少人預感失敗者的反擊
贏到什麼都忘了的戰爭最迷人
輸得起不代表永遠放棄，
而是無處不想再戰

主義

"主義" 是自然界偶然遺留的足跡
原始人類穿上有主題的制服
前人主張被說成一部經典
一知半解下群眾著了迷
奔向飄來的花粉為無臭無味歡唱
擴音機一再調音到最高音階
廣場上群眾張開傘將擴音隔離
制服階級通過關卡坐上經典之位

土地　人民　政府

美國土地上找到了台灣島　模樣似台灣的一個島
台灣人回不了台灣的年代　成天把眼睛盯住美國地圖
不知哪裡可借用當我的故鄉！

大學圖書館資料室找台灣　一張地圖一頁簡報一則短文
如同挖到寶藏編織台灣人的回鄉夢
在佛羅里達半島，在千島群島，加洛比海灣
有人來報已發現似台灣之島

發現為台灣人帶來喜訊
美國有紐英格蘭、紐澤西，我們有紐台灣
有土地，人民選出政府　一個上等知識份子的國度　加入聯合國

三七五

暑假時母親的肚子挺挺地
告訴孩子們一個新的家庭成員來報到
自從三七五減租我家生的一定是弟弟
每次在房門外等待生產後
兄弟們總為之失望走開
心裡怨恨又一個弟弟出來分財產。
每年一個孩子接連生下來
直到三七五減租田地被拿走
母親也不再能生產　兄弟都不想再爭了。

反攻大陸 "去"

從說要 "反攻大陸" 那天起
每天有口號
大陸如夢境　反攻是未實現的進行式
一場又一場沙盤推演
寫著："你們　在我們　領導之下　解救他們"
反攻的成功靠我們也靠你們
你們、我們、他們的組合是時代使命
論文不斷有人寫，只是反攻至今沒開始
都還在等待　上世紀的帳　本世紀的人去算

獵人約定

步入深山的獵人
族人心目中的勇士
下山時傳來歌聲
是凱旋訊號 全族蜂擁相迎
五晝夜山林當戰場
是狩獵，也被狩獵
數到十而後開槍的對決
為獵人與山豬立下了約定
一根手指換來山豬耳朵
人類火槍對獸的利牙
族人數千年繁延下來
沒有偷吃步的勇士，
此地埋下多少英靈

棄生哥

書生詠嘆家國破碎
憂國憂民不求獨活
憤而放棄活的意念不想活也不想死
換了國號成了亡國奴，有人本來沒有國
僅他一人，獨自痛不欲生
不肯了結又不願認真活下來
不棄生也不棄死自嘆自怨的讀書人！
活只是意思意思　求對得起天地
掛名 "棄生" 拋棄生命不想活
看清楚是沒有好好當一個人
父母生他，"棄生" 是放棄誕生
與父母過意不去，不承認活對生命的意義
"生" 字包括生命、生活、生態、生產、生存、生長、
生計、生殖、生動、生意、生機、生趣、生氣......
一個 "生" 字就代表這一切，
是多少人給予他，而他棄之不顧，放棄了生存權！

新聞紙頭條

已經來到世間的不屬民間命理中
劃也劃不清是凡間或冥間的天界
記載在古文書依據殘缺的那一章
了然實證供庭上指認的不變法則
指認紅與黑的光來自百步蛇雙眼
竟咬出五百萬年宮廷意外的變局
風砂捲來移動一座聖塔座鎮王朝
遠望萬里江流剩下幾日平常時間
前世一去無回的雄兵富豪裝扮榮歸
報告冥間瑣事交由一隊將領的天兵
能想像得到明日新時代頭條新聞

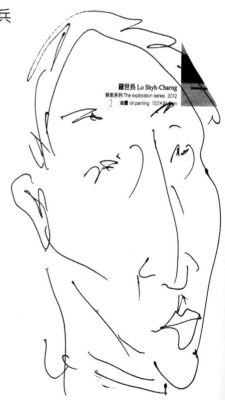

羅世長 Lo Shyh-Charng
探索系列 The exploration series 2012
油畫 oil painting 122×91cm

阿公的帝國

阿公不喜歡孫中山
他奪權叛國 亂了國本
以今天之法審判
多少孫中山進牢裡才看見中華
何時中山主義來到台灣？
阿公心裡沒有民國只有帝國
不管大清還是日本帝國
還夢想台灣日本共建台日帝國
皇帝不是拱出來的偶像
夢見和中山在山中打一架
中山說只要民國什麼都可以
阿公認為只能有帝國
哪一國都一樣

劉洋哲 Liu Yang-Che
樂境 An ecstasy 1988
油墨·紙本 ink, paper 70.5×45.5cm

台上老人

上台說幾句
又加幾句再幾句
加不完的幾句
上台不想下來也已下不來
人越老話越多
說也說不完多出來的話
下台才知道自己話太多
當作是長輩的叮嚀
面對聽眾感到自己受挽留
因有那麼多交代不完的話
多少未完的心願留給後代
最好能不下台就不下台

因弱者而戰

一輩子拿槍的人 放下槍
反而是槍在拿他 過著被槍拿的日子
一支古董槍 子彈已裝不上膛
決戰時只得睜眼閃躲敵人子彈
說不能死就不會死
戰爭結束，這世界只剩弱者
依然是被征服的對象，原來
有弱者才有征服，有征服才有戰爭
難道是罪過！
強大時只拿槍對峙
一槍不發幾十年過去
為了和平，今天又重新把槍輕輕舉起

六・時代

日＼月	7	8	9	10	11	12
1						
2						
3						
4						
5						
6						
7						
8						
9						
10						
11						
12					國父誕辰紀念日	
13						
14						
15						
16						
17						
18						
19						
20						
21						
22						
23						
24			中秋節			
25		中元節		光復節		行憲紀念日
26						
27						
28			教師節			
29						
30						
31				蔣公誕辰紀念日		

光時

光照過來
照到了現代
照出去
照到未來
燈光熄了
回到過去
時間裡走一回

作什麼

最快的是最快的事
兩下就作完事
其實
不作更快
不作不等於沒有作
現代人活著有作就有不作
將要作不等於以後會作
已經作了的從來不知是誰作的

快速（一）

快等於速度
速度是酸的滋味！
純粹才是質的力道
慢慢開車　快快到達
一種閉上眼睛就有的感覺
一聲響後聽來的餘音——
已到最遠的遠方

光的視線

很小一個島
在地圖的角落
被歷史寫在正中央
有人來找過
歷史點上火照亮了地球
地圖上一眼就看見
小島其實真不小！

游走之後

上了高架橋
駕車人海闊天空
土地被橋樑拉近
砂從眼前飛過
如飛行傘掉落海灘
再飛起時
變成鳥還是魚

謝里法　1990 年裝置藝術作品設計

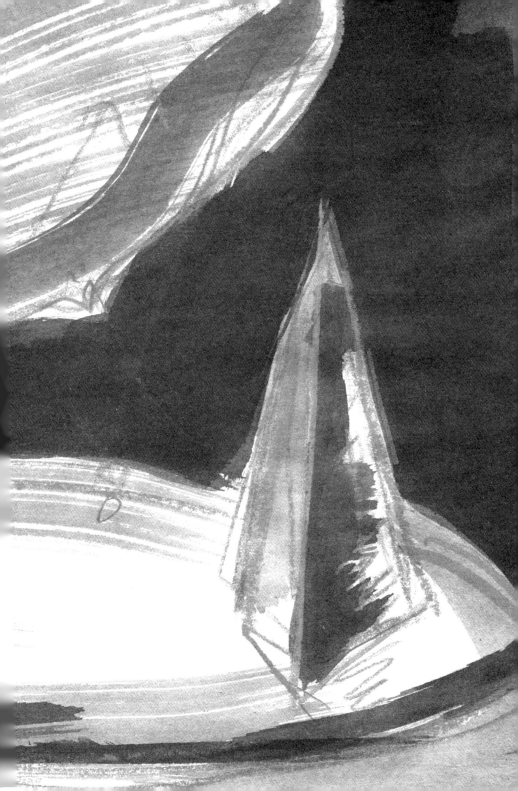

開幕典禮

中世紀騎士的馬車
急駛在夕陽大道
烟霧中夢一般現身
路人尖叫　狗狂吠
椰子樹彎了腰
一隊烏鴉隨行
是美術館今天的開幕禮

手機

百年後　這裡將怎樣？
想像未來，用手機查尋
那天我站在這裡找未來
百年過去了
我在星球往下看到
拿手機的我
在找尋百年前
笑出滿臉眼淚

郵筒

郵筒不見了
寄信時代成為過去
與人之間從此不留筆跡
不見面只在螢光片露笑臉
一生記憶由機械保留
保留的機械名字也叫郵筒

漲價

高貴的物品下架
雜貨店風光開張
兩張椅子等客人來泡茶
不吃蛋糕吃生日壽司
椅子漲了價
只以 "高貴" 談生意
雜貨店掛名百貨公司

曾經

往回數到十步時
說自己退步了
曾經有過
在進之後　在退之前
有進亦有退　才有曾經
滿足於進退之間
十步已不再是距離

現代

十個現代加起來成後現代
為了不讓現代走得快
喊一聲現代留步
留步又留步的現代回到從前
忘了從前又來不及現代
翻開古典一看　每頁寫的都有過現代
只有現代才為主義留住當代

快速（二）

速度說明一個時代
來到沒有速度的時代
已到了盡頭
以為只剩黑暗
還有光明可等待！
後面有人說要快
新時代看到的
速度量出了顏色的光度！

駛過現代

高鐵一列超音不回頭
現代感也是速度感
人人趕不上現代
回答只說因為塞車

路分兩邊　有來有去
快去快回　行車安全
一聲台灣之光
取代權威的萬萬歲！

踏上南方島嶼背後海洋
海的空間接上島的空間
空間接上現代速度
"光" 從山洞大步走出來

工業化

住田中央
看火車駛過　停下來
一群人走出來不見了
有一天　田也不見了
火車汽笛聲一路冒出白烟的記憶
在我童年的工業時代

時代色

從藍到青　青到綠
把藍變成了綠
調色盤怎麼解釋
可惜紅不起來！
電視機說
一紅就紫
紫只會說故事
永樂町的商標色
回憶裡永遠是日本時代

農曆年

米糧的代言人正在咆哮欠收
老農子弟從米國返鄉
果真一切在預言中
列車意外先到站了
正是小鯨魚游進淡水溪頭時
划板衝過了班次
小數點以外的人正在遙望
今日依舊沒見該來的人
春宵樂章響起露出光輝族譜
晨曦等待明晚月光來相會

銀幕

銀幕伴隨這一代中學生長大
踏著節奏 直到太陽又升起
因為今天的明天還有明天的明天......
今天的冰棒是昔日的水
祖父的故事比我更年少
手拿冰棒比我甜
才明白銀幕總在說謊
我陪伴祖父過童年
直到唱驪歌
臉上像溶化的冰棒

雙十節

兩個十是個日子
帝國今天成了民國
多產的民國生了好幾國
多少元老又多少烈士
百年來已經又轉世
第一世佔台灣是豆腐族
第二世反攻大陸是櫻花族
第三世眷村少年是楊柳族
第四世保衛民國是養老族
擁抱兩個十的日子直到永遠

文明的創始

人說話了……
人與人碰面了
是第一句說出的 "話"
當下發出的第一聲
是人發明的第一個 "字"
說 "我" 自己……
是語言表達本位
是歷史發生自我的呈現
佔有立場表明我在此
從孤立的 "我" 擴大到
同類互動的我們
文明在互動中產生

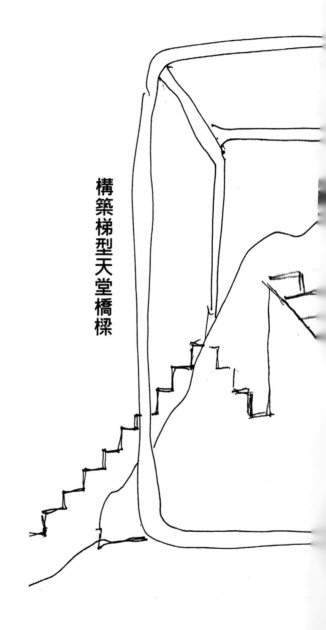

構築梯型天堂橋樑

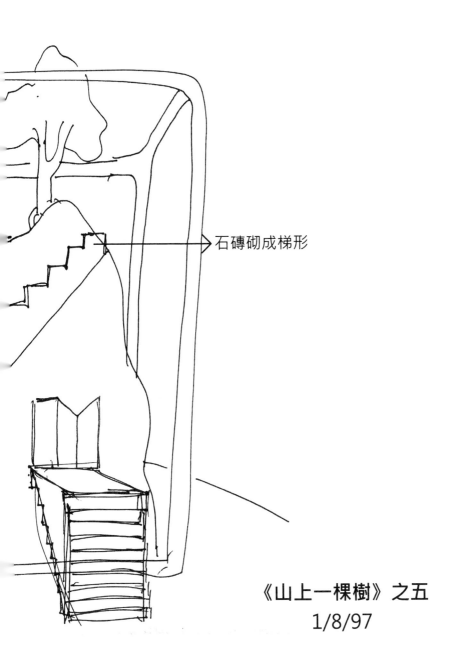

石磚砌成梯形

《山上一棵樹》之五
1/8/97

半夜時間

年輕時
午夜在忙什麼？
中年後
午夜已經只剩概念
有了概念什麼也不想
老年只有早晨和傍晚
看花開花謝
掃庭院落葉
時間進行式滿足了自己
已忘記午夜作的事
只記得年輕時作什麼事

水珠議題

一滴水想像如一顆氣球
掉落又彈起能驚天動地
試將它接到手中
喝下一口在冰寒冬天的水
北極暖化　海水回流氣球成了水珠
夏與冬倒著運行　海潮開始旋轉
地球和一滴水有何兩樣！
孔明讓東風轉向吹過沙漠
雁群三顧茅廬討苦瓜解渴
七七四十九天滿天烏鴉叫嚷
抗議茅廬夜夜琴聲不斷
將軍朝天轟出兩顆子彈打下氣球

全營士兵歡呼替香蕉大的雄心鼓舞
悄悄過橋的隱士撿到掉落的拖鞋
還愉翻武藏劍道的五輪書秘訣
明日的決鬥輸者將三字經倒背如遺囑

射手的悲歌

驚弓之鳥又被皮球踢到

無箭射手也能打落鳥

街上留著一排燈聽說是空城計

古時明月光只照箭靶紅心

落水英雄捉住城隍爺轎的一條繩索

大地震未倒的銅像終於倒了

和城隍一同前往，使台北從此免於災難

告誡孔夫子休兵使明代燭臺及今未熄

倒掛枝頭的蝴蝶與葉同樹

解甲士兵穿越西螺橋如鴨群歸巢

攻城達頂的戰士自比登山客留連不去

還有太監帽徽掉地被狗咬去報功

將軍在電視中向新朝領獎昇了官

黃袍加身未中彈先伏下吸取民氣

歷史沒有錯　只是座標錯放了一百年

穿裙子老男人在退伍行列高呼萬歲至今未停

亞細亞人的心

走不出亞細亞看世界
只野心者手上指南針
大航海時代領養的孤兒！
揭開二十世紀大門看見養父母
來到社會的階級頂層還是孤兒
文明的鋼砲轟開亞細亞心臟
倒杯酒與血給養父母當獻禮
汗水和淚水留給廣場矗立的銅像
這邊一隊傭兵向那邊一隊傭兵開槍
為了在胸前掛胸章向養父母討戰功
看見世界才知道戰功是謊言
只有血和肉，腳踩的土地是自己的
為了下一代向領養的主人討回自主

軍歌響起

週末晚會終結令下走失者如沒頭螞蟻
不見如前年的回應令前來者暢飲開懷
廟裡只留下一根香在角落點燃到天亮
只照著那光頭老人靠在窗前獨自默默
不知何故千歲那頂紗帽膝下無一女眾
因她在院與廟之間輪流頌經也會走失
遠方樵夫揹著竹槍來去匆匆只燒三柱香
和尚在香料和沒有料之間點出生命失衡
成功嶺在成功大道從末端冒出白烟示警
回頭路上娓娓道來始終未走到坡道終點
軍歌響起激昂不是時候趕走所有崇拜者

卓別林

腿伸不到腳，腳踩不到地的喜劇角色
卓別林憑自己雙腳也跳出普世悲喜劇
眾人踩過他的頭，他又踩在眾人的頭
他的戲只演低聲下氣無怨無悔小人物
忽然間出現在 "獨裁者" 戲裡當主帥
製造了大人物的可憐可悲到令人同情
看他如何以雙眼指揮身體作戲以娛人
無聲舞台裡角色在戲中也在生活之中
多少人為滑稽小丑仿效他的一舉一動
一再出現比卓別林更像卓別林的模仿
可惜所有的 "卓別林" 無法成為卓別林
他為二十世紀大人物演到活的卓別林

轉形與再生

有時我也想變 變成不同的我
變成另外一個，是不是人，
我還在想
生來已是人，為何想變人！
慾念永遠支持著作人的我
才有今天渡往明天的腳步
在人與非人之間徘徊
往沒有了人之後的空間跨進跨出
佛告誡我們不來也會相見
一種記號的引導：除了死還有不死
因人生不為了生，也不為了死
得知，這一切不外生外人生

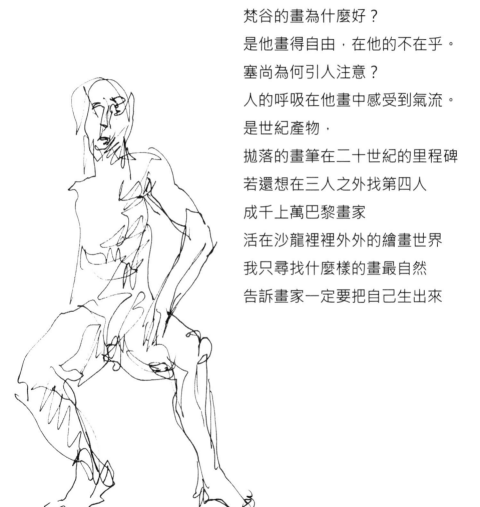

還有誰？

高更是什麼畫家
有說不完的答案，高更是多樣的
梵谷的畫為什麼好？
是他畫得自由，在他的不在乎。
塞尚為何引人注意？
人的呼吸在他畫中感受到氣流。
是世紀產物，
拋落的畫筆在二十世紀的里程碑
若還想在三人之外找第四人
成千上萬巴黎畫家
活在沙龍裡裡外外的繪畫世界
我只尋找什麼樣的畫最自然
告訴畫家一定要把自己生出來

國家圖書館出版品預行編目（CIP）資料

呵呵二動　詩 / 謝里法著 .-- 臺中市：
謝里法，2021.05
200 面；21X15 公分

ISBN 978-957-43-8889-9（平裝）

863.51　　　　　　　　　110007948

出　版　者：謝里法

作　　　者：謝里法

編　　　輯：吳依凡

攝　　　影：曾敏雄

部份插畫：戴明德

美術設計：彩虹軒設計整合行銷

印　　　刷：彩虹軒設計整合行銷

地　　　址：26059 宜蘭縣宜蘭市嵐峰路三段 172 號

電　　　話：03-9354592

出版日期：2021 年 5 月

印　刷　量：1000 本

定　　　價：新台幣 500 元整

ISBN：978-957-43-8889-9（平裝）